장화와 홍련

●엮음/한국 몬테소리 편집부　●그림/송 훈

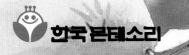

한국 몬테소리

옛날, 조선 시대 때의 이야기입니다.

평안 북도에 배 좌수라는 사람이 살고 있었어요.

"여보, 어젯밤 꿈에 선녀님이 나타나

제게 장미꽃을 주었어요."

부인의 꿈 이야기를 듣고, 배 좌수는 기뻐했어요.

"자식이 없는 우리에게 아기가 생길 모양이구려."

과연 얼마 뒤, 부인은 장미꽃을 닮은 딸을 낳았어요.

"이 아이는 하늘이 내려주신 아이요. 꿈에 장미꽃을

받고 낳았으니, 이름을 '장화'라고 지읍시다."

이 년 뒤, 배 좌수의 부인은
또다시 꿈 속에서
붉은 연꽃을 받았어요.
부인은 이번에도 예쁜
딸을 낳았습니다.
"붉은 연꽃을 받고
낳았으니, 이 아이를
'홍련'이라고
부릅시다."

장화와 홍련의 어머니가 큰병에 걸렸어요.
"제가 죽더라도 장화와 홍련을 잘 보살펴 주세요."
"여보, 이 어린것들을 두고
어떻게 눈을 감는단 말이오!"
배 좌수는 온갖 약을 다 써 보았어요. 하지만
부인은 결국 숨을 거두고 말았습니다.

부인이 죽은 지 삼 년째 되던 해에,
배 좌수는 새아내를 맞아들였어요.
장화와 홍련의 새어머니는 심술궂게
생긴데다가 마음씨조차 고약한 여자였습니다.
"요 몹쓸 계집애들!
귀여운 동생을 잘 돌보지 못하고
또 울렸어. 어서 나가서 일이나 해라!"
새어머니는 아들 셋을 낳고는,
장화와 홍련을 더욱 들볶았어요.

어느덧, 장화의 나이도 열여섯이 되었어요.
"장화는 얼굴도 예쁘고 마음씨도 착해서,
결혼을 하면 남못지않게 잘 살 거야."
"아무렴, 누가 장화하고 혼인을 할지 몰라도
그 사람은 정말 복 받은 사람이지."
장화가 시집 갈 나이가 되자,
새어머니에게는 이런 걱정이 생겼어요.
'장화가 시집을 간다? 그러면 우리 집
재산이 많이 축날 텐데. 이를 어떡하면 좋지?'

고약한 새어머니는 장화를 죽이기로
결심했어요. 그래서 나쁜 꾀를 내었지요.
"여보, 우리 집 보물인 옥구슬이 없어졌어요."
"뭐라고, 옥구슬이 없어져?"
"아무래도 장화가 훔쳐 간 것 같아요."
"착한 장화가 그럴 리가 있겠소!"
새어머니가 장화를 모함했지만,
배 좌수는 믿으려 하지 않았습니다.
"사람 속을 어찌 알아요?
지금 장화가 자고 있으니,
살짝 들어가서 살펴봅시다."
새어머니는 미리 그 옥구슬을 훔쳐 내어,
장화의 베개 속에 몰래
감춰 놓았던 것이에요.

"여보, 장화의 베개가 이상하게 볼록하지요?
이, 이것 보세요. 옥구슬이 여기 들어 있어요!"
"아니, 세상에! 집안의 보물을 도둑질하다니!"
장화와 홍련은 이런 소동도 모른 채
새근새근 곤히 자고 있었어요.
"쉬잇! 아이들 깨겠어요.
내일 아침에 혼내기로 하고 어서 나갑시다.
사실 이 얘긴 안 하려고 했지만……."
"무슨 말이오? 내가 모르는
장화의 잘못이 또 있단 말이오?"
"장화는 도둑질만 한 것이 아니에요.
부모 몰래 아기까지 가졌다고요."

장화가 아이를 가졌다는 것도
새어머니가 꾸며 낸 새빨간 거짓말이었어요.
"모두 다 이 못난 어미 탓이니,
내가 죽어야겠어요."
새어머니가 짐짓 죄스러운 표정을 짓자,
배 좌수는 손을 내저으며 말했어요.
"아니오, 아니오.
죽어야 할 사람은 바로 장화요.
그나저나 도대체 이 일을 어떡하면
좋겠소? 이제 소문이 퍼지는 날이면
얼굴을 들고 다닐 수 없을 텐데……."
"제게 좋은 수가 있어요."
배 좌수의 귀에 대고 새어머니는
무엇인가를 속살거렸어요.
이번에도 틀림없이 나쁜 꾀이겠지요.

"장화야! 장화야! 이리 좀 건너오너라."
배 좌수는 잠자던 장화를 불러 앉혔어요.
"너, 지금 당장 외삼촌 댁에 다녀오너라."
"아버님, 무슨 급한 일이 생겼습니까?
이 한밤중에 그 먼 길을 어떻게……."
"웬 잔소리가 그리도 많으냐?
갔다 오라면 냉큼 갔다 올 것이지!"
"저는 외삼촌 댁이 어딘지도 모릅니다."
"누가 너 혼자 가라고 그러더냐?
동생 장쇠와 함께 갔다 오너라!"
장화는 아버지의 말을 거스를 수가 없었어요.

장쇠는 험한 산골짜기로 장화를 데려갔어요.
산모퉁이를 돌아가자, 커다란 연못이 나타났어요.
"아니, 장쇠야. 여기는 외삼촌 댁이 아니잖아?"
"흥! 누나는 도무지 잘못을 뉘우칠 줄
모르는군그래. 집안의 보물을 도둑질하고,
게다가 아기까지 가졌기 때문에, 아버지와 어머니가
누나를 이 연못에 밀어 넣으랬어."

풍덩!

장쇠는 억지로 장화를 연못 속에 밀어 넣었어요.

바로 이 때였어요.

어흥! 어흐흥!

집채만한 호랑이가 장쇠 앞에 나타났습니다.

"이놈, 장쇠야!

이 호랑이가 너를 용서하지 않겠다!"

장쇠는 정신을 잃고 그 자리에 쓰러졌어요.

장화를 태우고 갔던 당나귀는

장쇠를 버려 두고 혼자서 집으로 돌아왔어요.

"장쇠에게 무슨 일이 일어났나 보다.
모두들 나가서 장쇠를 찾아오너라!"
놀란 새어머니가 하인들에게 소리쳤어요.
이윽고 하인들이 장쇠를 찾아 냈어요. 그렇지만
호랑이에게 놀란 장쇠는 바보가 되고 말았답니다.
"장쇠야, 장화 언니는 어떻게 된 거니?"
바보가 된 장쇠는 홍련에게
그 날 밤 일을 술술 이야기해 주었어요.
"흑흑……, 불쌍한 우리 언니…….."
이 때, 웬 파랑새 한 마리가 포르르 날아왔어요.
'옳지, 저 파랑새가 장화 언니의 죽은 곳을
알려 주려는 모양이다!'

홍련은 파랑새를 따라 연못까지 왔어요.

"언니, 어디 있어요?

동생 홍련이가 왔어요. 흐흑……."

홍련이 울고 있을 때,

연못 속에서 장화의 목소리가

구슬프게 들려 왔어요.

"홍련아……. 홍련아……."

"아, 언니! 홍련이 여기 있어요."

"홍련아, 너는 돌아가서

아버님을 잘 모셔야지……."

"싫어요, 언니! 새어머니가

무서워서 집에 돌아가기는

싫어요. 나도 언니를 따라

이 연못에 빠져 죽겠어요!"

마침내 홍련이도 장화의 뒤를 따라
연못에 빠져 죽고 말았습니다.
그런데 이런 일이 있고부터
고을 안에는 이상한 소문이 떠돌았어요.
"글쎄, 우리 고을에 오는 원님들은
하룻밤도 넘기지 못하고 죽는다는군."
"아, 그래서 이제는 우리 고을로
오려고 나서는 원님이 한 사람도 없대요."
"그뿐이 아니라, 계속 흉년이 드는 통에
사람들이 자꾸 다른 마을로
이사를 가 버리잖아요."
"여기에는 분명히
무슨 이유가 있을 거예요 !"

그러던 어느 날,
한 용감한 선비가 그 고을의 원님으로 왔습니다.
밤이 깊었어요.
휘이이잉……. 휘이이잉…….
바람 소리와 함께 홍련의 모습이 나타났어요.

"너는 웬 여자이길래 한밤중에 그런 모습으로
나타났느냐? 아, 네가 바로 원님들을
죽인 그 귀신이로구나."
"아니옵니다. 저는 원님들을 죽인 일이 없습니다.
다만 제 모습을 보고서는 모두 놀라서……."

"그래, 무슨 억울한 사연이 있길래,
죽어서까지 이승을 헤매이느냐?"
"저는 이 고을에서 살았던 배 좌수의
둘째 딸 홍련이라고 합니다."
홍련은 그 동안에 있었던 일들을
하나하나 자세히 이야기했어요.
다 듣고 난 원님은 고개를 끄덕였어요.

"으흠, 그런 억울한 사연이
있었구나. 날이 밝으면,
내가 장화의 누명을
벗겨 주겠다."
"고맙습니다, 원님.
제발 장화 언니의
누명을 벗겨 주세요."

다음 날, 원님은 배 좌수와 새어머니,
그리고 장쇠를 불러들였어요.
원님은 먼저 장쇠를 다그쳤어요.
"장쇠 듣거라! 네가 장화를 연못에
빠뜨려 죽게 한 것을 나는 다 알고 있다.
바른 대로 말해라!"
"네, 네, 죽을 죄를 졌습니다. 하지만
모든 것은 어머님이 시킨 일입니다."

원님은 장쇠를 앞세우고 연못으로 가 보았어요.
"어서 장화와 홍련의 시체를 건져 올려라!"
이 때, 자는 듯 누워 있는 장화와 홍련이
조용히 물 위로 떠오르는 것이 아니겠습니까.
"세상에 이럴 수가!
하늘도 용서하지 못할 일이다.
이것들을 당장 옥에 가두도록 하여라!"
"아이고, 죽을 죄를 졌습니다.
원님, 한 번만 용서해 주십시오."

원님은 장화와 홍련의 시체를 건져 양지바른 땅에
묻어 주었어요. 비석도 함께 세워 주었답니다.
그 뒤로는 원님이 죽는 일도 없고, 해마다 풍년이
들어 온 고을 사람들이 넉넉하게 잘 살았다고 합니다.

엄마랑 아빠께

　우리의 고대 소설 중에는 새어머니와 전처의 자식간의 갈등을 그린 이야기가 많이 있습니다. 이 이야기도 그 가운데 하나입니다.

　장화와 홍련의 아버지 배 좌수는, 아내를 여읜 지 삼 년째 되는 해에 새장가를 듭니다. 그런데 새어머니는 심술궂게 생긴데다가 마음씨마저 고약해서, 까닭 없이 장화와 홍련을 못살게 굽니다. 모진 구박을 받으면서도 장화와 홍련은 새어머니를 공손하게 섬깁니다.

　마침내 새어머니는 무서운 흉계를 꾸밉니다. 장화에게 도둑의 누명을 씌운 다음, 아들 장쇠를 시켜 연못 속에 빠뜨려 죽게 합니다. 언니의 죽음을 슬퍼하던 홍련이마저 같은 연못에 빠져 죽자, 새어머니는 그제서야 만족해합니다.

　그렇게 사악한 짓을 한 새어머니와 장쇠, 과연 편안하게 잘 살 수 있었을까요? 아닙니다. 그럴 리가 없지요. 왜냐 하면, 그런 죄인은 하늘도 용서하지 않기 때문입니다.

　홍련의 혼령이 귀신의 모습으로 나타나, 그 고을 원님에게 모든 사실을 낱낱이 고합니다. 원님은 배 좌수와 새어머니, 장쇠를 불러들여 죄값만큼 벌을 내립니다. 장화와 홍련의 시체는 고이 장사지내 줍니다.

　"죄는 지은 대로 간다."는 말이 있습니다. 얕은 꾀를 써서 당장은 죄를 덮어 둘 수도 있지만, 언제까지나 무사하리라고 보기는 어렵습니다. 죄의 값은 언젠가 치르게 되어 있고, 모든 일은 정한 이치대로 돌아가게 마련이니까요.

24. 장화와 홍련　　　　　　　꼬맹이 옛이야기방 전30권

● 인쇄한날/1995년 1월 5 일　　　● 펴 낸 날/1995년 1월 16일　　　● 펴 낸 이/김 석 규

● 펴 낸 데/한국몬테소리 등록 제10-473호/서울시 마포구 도화동 173번지 삼창프라자 604호/(02) 703-6750

● 제　본/명지문화(주)　　　　● 인쇄한곳/금명문화　　　　● 원색분해/칼라콤